Diego y Mami al rescate

por Alexis Romay   ilustrado por John Hom

SIMON & SCHUSTER LIBROS PARA NIÑOS/NICKELODEON
Nueva York Londres Toronto Sydney

SIMON & SCHUSTER LIBROS PARA NIÑOS
Publicado bajo el sello editorial de la División Infantil de Simon & Schuster
1230 Avenue of the Americas, New York, New York 10020
© 2008 por Viacom International Inc. Traducción © 2009 por Viacom International Inc. Todos los derechos reservados. NICK JR., *Go, Diego, Go!* y todos los títulos relacionados, logotipos y personajes son marcas de Viacom International Inc. Todos los derechos reservados, incluido el derecho a la reproducción total o parcial en cualquier formato. SIMON & SCHUSTER LIBROS PARA NIÑOS y el colofón son marcas registradas de Simon & Schuster, Inc. Publicado originalmente en inglés en 2008 con el título *Diego and Mami to the Rescue* por Simon Spotlight, bajo el sello editorial de la División Infantil de Simon & Schuster.
Traducción de Alexis Romay
Fabricado en los Estados Unidos de América
Primera edición en lengua española, 2009
2 4 6 8 10 9 7 5 3 1
ISBN-13: 978-1-4169-7105-4
ISBN-10: 1-4169-7105-X

Hi! Me llamo Diego. Soy rescatador de animales. Ella es mi mamá. Ella estudia los animales. ¡Y también es muy buena mamá! Y ella es mi hermana Alicia. Ella es rescatadora de animales, ¡igual que yo! Ahora estamos recogiendo frutas y flores silvestres, para la cena especial de esta noche con toda la familia.

Oh, no! Escucho un animal pidiendo socorro. ¡Parece que está al otro lado del río, detrás de esas montañas! Mami dice que la cena puede esperar. Tenemos que rescatar a ese animal. ¡Al rescate! *To the rescue!*

Click nos puede ayudar a encontrar al animal que está en apuros. ¿Ves a un animal en peligro?

Yes! Los ositos de anteojos se cayeron del árbol y necesitan ayuda para regresar a su nido. Mami dice que la mamá de los ositos está recogiendo frutas para la cena . . . ¡lo mismo que hacíamos nosotros!

Los osos de anteojos viven en el Bosque Nublado. ¡Tenemos que llegar pronto allá!

Tenemos que cruzar al otro lado del río. Rescue Pack se puede transformar en cualquier cosa que necesitemos. ¿Ves algo en lo que Rescue Pack se pueda transformar que nos ayude a cruzar el río?

¡Sí, una balsa! Para hacer que Rescue Pack se transforme en una balsa, di: "¡Actívate!"

Mami dice que los osos de anteojos están más activos durante la noche. ¡Los ositos deben estar con mucho sueño ahora, durante el día!

Tenemos que apurarnos para ayudar a los ositos de anteojos a regresar a su nido. ¡Vamos a remar rápido río abajo!

Ya cruzamos el río. ¡Pero ahora tenemos que escalar la montaña para llegar a los ositos de anteojos que están al otro lado!

Uno de estos caminos es el correcto. ¿Cuál debemos escoger?

¡Sí! El camino de las piedras negras nos llevará al otro lado de la montaña. ¡Muy buena solución, amigos!

¡Lo logramos! Ahora tenemos que ayudar a los ositos a trepar hasta su nido . . . y esperar a que mamá osa regrese.

¡Vamos a arreglar el nido de los ositos de anteojos! Tenemos que usar hojas y ramas del árbol. ¿Me ayudas a encontrar ramas y hojas? ¡Muy bien hecho!

Mami y Alicia están examinando a los ositos para ver si se hicieron daño al caer del árbol tan alto.

¡Mami dice que los ositos están bien!

Mami dice que los osos de anteojos saben trepar muy bien pues tienen garras muy largas. Pero estos ositos tienen miedo de trepar porque su mamá no está con ellos. ¡Vamos a ayudarles a trepar el árbol!

¡Vamos, ositos! ¡A trepar! ¡Suban, suban! *Climb, climb!*

¡Mamá osa ya regresó con la comida para sus ositos!
Mami dice que la mamá osa trajo frutas y plantas para sus ositos pues a los osos de anteojos les encanta comer frutas y plantas.

¡Mamá osa está muy feliz de estar de regreso con sus ositos!

¡Misión cumplida! *Rescue complete!*

Ahora Mami, Alicia y yo podemos regresar a nuestra cena especial con la familia.
¡Muchas gracias por ayudarnos! *Thank you!*

¿Lo sabías?

¡ABRE LOS OJOS!

Los osos de anteojos son llamados así por las manchas que tienen alrededor de los ojos.

¡A TREPAR!

Los osos de anteojos trepan muy bien los árboles.

¡NO NOS DEN CARNE!

Los osos de anteojos comen frutas y plantas.

¡ALLÁ ARRIBA!

Los osos de anteojos viven en nidos en lo alto de los árboles.

¡PRESTA ATENCIÓN!

Los osos de anteojos tienen muy buen oído.